꽃벼랑

꽃벼랑

———

초판 1쇄 2015년 6월 22일
지은이 김일연
펴낸이 김영재
펴낸곳 책만드는집

주소 서울 마포구 양화로3길 99 4층 (121–887)
전화 3142–1585·6
팩스 336–8908
전자우편 chaekjip@naver.com
출판등록 1994년 1월 13일 제10–927호
ⓒ 김일연, 2015

———

———

ISBN 978–89–7944–521–3 (04810)
ISBN 978–89–7944–513–8 (세트)

한국의
단시조
003

김일연 시집

꽃벼랑

책만드는집

어떻게 살았는지
무엇을 견디고 사랑하였는지…

여기까지 와버렸네

가슴속 적막한 통증을 같이 울어준
나의 단시조

그 짧은 행간에 한데 엉겨 흐르는
모든 추억과
모든 꽃송이 오롯이 담아

어머니 영전에 올려드린다

−2015년 유월

김일연

| 차례 |

2부

3부

4부

5부

1부

구절초 연가

너의
눈물 자국

구절초 피어 있네

가도 가도
하얀 꽃

나는 자꾸 걸었네

가다가
쓰러져 버렸네

일어나지 않았네

제월당霽月堂

단풍잎
고운 날에
늙어 애잔하신

한 뼘
가을빛 내린
마루 끝에 어머니

고요가 속삭여주는

한 줌,
맑은 그림자

묵모란

미워
그리워

폭풍우 요동친 뒤

붉디붉은 마음이
맑아
검어진 뒤에

열리는
구름 꽃잎이

달빛 타고 빠르다

코스모스꽃

어룽어룽 분홍 비
사분사분 하양 비
호젓한 길 모롱이
서늘한 목덜미에
가려나 하마 가려나
꽤 오는
가을비

야근하고 양말 사는 남자

캄캄한 바다에서

섬
하나가
걸어온다

희뿌옇게 떠 있는 마지막 노점의 불빛

등대를 어깨에 지고

섬
하나가
걸어간다

「무제 無題」

그 의미 같은 것은 짓밟아 뭉개주세요

그 형상 같은 것도 캭! 뱉어주세요

난 그냥 덩어리이고 당신은 자유예요

꽃벼랑

이 좁은
단칸방에
어떻게 널 들일까

진달래 울음 속은
와 저리
불이 타노?

움쳐야 날아도 보제

벼랑
앞에
와 섰노?

인동 忍冬

두 팔을
가랑이에
다리를
셔츠에 꿰고

빙하기를 건너는
외발
자전거 타고

숯검정 두 줄기 눈물로

웃는
어릿광대처럼

명창

죄는 다 내가 지마 너는 맘껏 날아라

진초록에 끼얹는
뻐꾸기
먹빛
소리

외딴집 낡은 들마루

무너져 앉은
늙은 아비

귀

눈물 많은 눈들이
어디에나 있고

더러
때 묻은 인연
마주치기도 하는

두고 온 흙이 그리운
머나먼
강물 소리

찔레꽃가뭄

미순이 흰자위 빛 찔레꽃

핀다
핀다

맨드라미 벼슬 빛 뻐꾸기

운다
운다

소나기 한줄기 맞아라

사람아
가문 사람아

눈머는 깊이

꽃은
눈멀어
몸을 다 연다

그마저 없다 하면
봄가을
우찌 살꼬*

눈머는 그 깊이 아니면
무엇을 하리

짧은 날을

* 김춘수 시 「하늘수박」에서.

새

점 하나 작을수록
허공에서 자유입니다

울음도 노래 되는
햇빛의 통로

점 하나 가벼울수록

절망에서
자유입니다

행복

그대 부르기 전에
면도날에 베인다

이스트를 몰래 넣고
인생을 부풀려도

마음은 불완전연소

슬픔에
그을어 있다

토끼풀 여린 한 잎

시멘트 모래 물 뒤엉켜 돌아갈 때

아뿔싸! 휩쓸렸네
문명의 레미콘에

찢기고
으깨어지면
돌이 될 수 있을까

산역

물땡저수지 봄빛은 왜 저리도 고울까

어머니 가시는 날이 왜 이리도 환할까

먼 하늘 새로 난 봉분이 하나 구름에 흘러가네

영각

눈에 담던 풍경들
다니시던 길과 길을

가슴에 새기고자
하염없이 보는데

긴 울음 문득 가다가

나를
돌아보시다

사과 장수

혼자 보는 계절이 아프도록 어여뻐

터질 듯 빨간 빛을 외면하고 지나누나

어머니 가신 집 앞에 사과 장수 외롭다

하늘과 호수

하늘은 제 얼굴을 가을 호수에 씻고

호수는 제 얼굴을 가을 하늘에 닦고

서로가 맑고 넓고 깊은 거울을 들여다본다

밥

이 더러운 세상, 하며 포기할 줄 알았지
너는 배신자야 라며 잊어줄 줄 알았지

밥 먹고 한 판 더 붙자

봐라,
먹는다아

양 이야기

양이 살았단다

풀을 뜯어 먹었단다

뿌리를 파먹었단다

사막이 되었단다*

사막을 먹으며 우는 양이 살고 있단다

* 초원에 양 떼가 지나고 나면 사막이 되고 한번 사막화된 곳은 복원되지
  않는다.

2부

1人

여기
한 사람
두 눈 부릅뜨고

피 끓고
피 마르고
피 끓고
피 마르며

시대의
한 귀퉁이를
노려보고 서 있다

별

가장 빛난 상처는 사막이 가지는 것

내 광막한 사막일 때 한없이 눈부시던 너

쓸쓸한 오아시스에 들꽃처럼 깃들어 있네

적멸보궁

부처님 진신 사리
산속에 모셔놓고

산으로 창을 내고
절을 하는 적멸궁

이 세상 창이 열린 곳
어디라도 적멸보궁

낙화

상성에서 하성으로

뚝, 지는
서도 소리

너 없이 못 살레라
차마 말을 못 하고

한 조각 붉은 마음을

모질게도
베었네

미나리아재비와 애기똥풀

너는
나인 듯이
나는 너인 듯이 서서

해 났다 햇볕 쬐자 눈물 담고 웃는다

여기서 돌아가지 말자

산언덕에
나란히

그리움

참았던 신음처럼 사립문이 닫히고

찬
이마 위에
치자꽃이 지는 밤

저만치, 그리고 귓가에

초침 소리
빗소리

사랑

자잘한 가지 사이 나도 한 땀 가지 되어

손끝 발끝 아슬아슬 뻗어본다 자벌레로

이토록 나무가 된다

네가 된다

어둠이여,

먼 사랑

산으로 가신다면 강으로 가렵니다
앞으로 가신다면 뒤돌아 가렵니다
지평선 끝과 끝에서 둥글게 만날 때까지

들국화

놀 지핀
강줄기는
하늘로 들어가고

바람 빛
구름의 춤
산허리에 감기는

그맘때
어느 오솔길에
두고 온 발자국 같은

이별

차돌 중에 돌이라도
굳은 맹세 깨어지면

움켜 가는 석핵과
떨어져 나가는 박편

그대여 가지고 가셔요

나는 이제
없습니다

가을이 진다

허공을
베어내며
햇살이 미끄러진다

툭,
지는
세상 저편
그 잎이 이고 있던

눈 시린 하늘 한 장이

손바닥에
앉는다

풀잎에게 배우다

비에도
땡볕에도
바람에도
지지 않고

여린
연둣빛들
일어선다 자란다

고난은
용수철인 것
풀잎에게 배우다

낙법落法, 한번

낙법, 한번 배웠다 그렇게 생각해
무수한 꺾임으로 별빛은 온다잖아
상처가 빛이 되도록 내 안에 불을 켜자

히어리꽃 그늘 아래

누군가 바라보던 지난해의 함박눈

먼 훗날의 이슬비 여기 다녀간 것 같아

나 언제 다녀간 것 같아

신비롭게

우리 웃네

사랑을 믿는다

열매도
없이
꽃이 시들었네

꽃 진 그 자리에
애절했던 눈물만

눈물만 남아 있기에
그 사랑을 믿는다

새벽달

만 리 밖에 바람 보내고
서러운 건 보내고

내 뜨락
빈 가지에
금지환을 끼우며

녹슨 문
열어달라고
들어가고 싶다고

햇볕의 켜

오늘
어깨에 햇볕
무거운 아래는

태초부터 여기 내린
그날 그 햇볕의 켜

사람은 가고 또 가고
쌓여온 햇볕의

켜
켜

눈길

눈길 미끄러우면
한번
미끄러져 주자

엉덩방아 찧으니
닿을 듯 파란 하늘

웃으며
미끄러지자

살아 있어 좋은 날

여름 플라타너스

푸른 하늘 향하여 춤춘다 헤엄친다

가오리 잎사귀들 달린다 너울너울

물결이 번지는 곳으로 그리운 그곳으로

수선화

물 좋은 청어 잠든
저녁 바다 닻 내리고

구원을 기다리는
마법의 성채 아래

밀려와 세레나데 부른다

부딪는 은빛 종소리

야생화

한반도 따라가는
적요의
오솔길에

티끌보다 가벼워
가벼워
빛나는 슬픔

할미꽃
애기똥풀에
숨은 듯이 피었네

3부

꽃 화분

봄날 솜사탕만 한 꽃 화분을 놓았다

틈새 없이 부푼 꽃잎들이 바다였다

그 꽃을 보는 날마다 내 마음이 바다였다

춤

배고픔
목마름
외로움보다
먼저

춤추지 않는 춤은
이제
춤이 아니다

끔찍이 상처 난 언어는
상처 난 언어가
아니다

고니의 잠

뾰족한 부리는 날개 밑에 접어두고

둥글게 구부린 목은 몸속으로 묻었다

오롯이 내면을 향한 원형의 시간이 있다

서울 엽신

밥으로 살지 않고
기계로 살지 않고

사람으로 사는 일
아직
늦지 않았으리

무성한 여름 숲에 가

길을
다
잃고 싶다

귀뚜라미

머리맡에 울더니
신발 속에 울더니

오늘 듣는 소리는
담벼락 부서지는 소리

도회의 수챗구멍 속에서
바락바락
더 크게 운다

어머니

뼈는 튀어나오고 살은 접혀 주름뿐

어그러질까 누인 채 잰 체중 34kg

온몸이 모서리가 된
둥근 이름
어머니

초봄의 반야심경

반야심경 읽으며
비 오시는 조계사

아미타불
석가모니
약사여래
중생과

대웅전 지붕의 눈도

물이 되어
흐르고

완허당*

하늘로 둥둥 뜨고

숲으로
쿵
떨어지고

허공에 드리워진 아스라한 줄 끝에

춤추는 자벌레 스님

그 아래

내설악 계곡

* 허공을 가지고 노는 집.

68

허물

매미는 날아가고 벗겨진 껍데기 둘

빈 등짝을 벌리고 쪼그린 너와 나를

커다란 나무 그늘이 품고 있네 다정히

이름값

꽃이 피니 그 나무 때죽나무라 불리고

쇠똥을 열심히 굴려 쇠똥구리라 불리고

어둠에 불을 밝히니 반딧불이라 불린다

말없음표를 위하여

마음이 다녀가는 길엔 말도 글자도 없다

수다로도 침묵으로도 다 할 수 없는 그곳을

물에 뜬
징검다리 디디듯
저어하며 가시라

절집 차

녹음이 하늘 덮어 그윽한 그늘 아래

넘치게 뜨거운 찻물 자꾸 부어주시네

씻어낼 속진의 더께가 그리 많은가요, 스님?

물꽃

그저
여울인 것을
바위인 당신 만나

일말
주저 없이
산산이도 부서져

당신을 감싸 안으며

나를
꽃 피웁니다

겨울 아침

눈이 왔다, 여기는
다시
눈부신 폐허

저 희고 광막한 고요
그 사무침으로

일어나
쌓인 눈덩이를
한 삽씩
퍼내야겠다

고독

아이는 모래성 짓다
집으로 돌아가고

쉼 없는
파도
그 모래성 지워갑니다

날마다
그러합니다

나는
조그만 아이

발견

수평선이 여기 있어 노을이 가리킨다

작은 섬이 여기 있어 파도가 소리친다

끝없는 바람을 보여준다 흔들리는 나무가

내 마음속 오지

세상 구석구석을 구경하고 온 이가

가지 못한 곳만이 진정
아름답다 하길래

내게도 있다 하였지

내 마음속
오지

개암나무 가지에

심연의
외줄 끝에
매달린 광대처럼

바람
불 때마다
슬픈 재주 부리는

날 겨눈 총알 한 발은

쭈그러진
풋개암

선물

콩 심었다 하여도 콩 나지 않는 밭

부치게 안 가꾸면 싹이 트지 않는다

아둔한 나에게 주신
하느님의
선물이다

나그네새

눈 내리면 눈 따라 둔황으로 떠나고

물빛 어린 상현달 달빛 속에 젖어와

한밤 내 만리장천에

금 그었네
수없이

4부

성인 聖人

못생기고
재미없고
배경 없고
능력 없는

나 만나 다 늙었다고 아내 등 쓸어줍니다

나 만나 고생했다고 남편 손 잡아줍니다

신발

싸릿재 고갯마루 화절령 하늘길을

바람으로 노래로 떠도는 마음 말고

닳도록 흐르는 것에

물
삶
신발

민들레

둥둥 깃털 부풀어
떠오른다
날아간다

유리 빌딩 층계 틈 민들레 쪽방 옆에

새똥에 묻힌 씨앗도
사는 일에
부풀었다

허수아비

참새도 허수아빌 안 무서워한다는데

망상의 그림자가 무서운 반편 사람

마당의 달빛을 찾아 심산유곡 헤맨다

풀색

엄마 화분에 피어
파란 것 보여드리는

미국 브로콜리
이태리 상추
덴마크 쑥갓
칠레 파씨

먼 나라 가본 적 없으셔도

고향은
풀색이라고

도라지 꽃집

흰 저고리 남치마 흐드러진 빈집에

햇볕도 화창한 볕 마구 쏟아붓는데

남기신
야속한 손길
티끌 하나 없어라

서울 예수

너의 죄를 사하노라
불쌍히 여기노라

우러른 머리 위에
흩날리는 꽃잎들

야위신 두 손을 들고

굽어보시는
나무

만종

흑백으로 남아 드리는 저녁 기도

시간의 바큇자국 그 안의 녹슨 고요

고요의 소실점에서 풍화하는 종소리

봄비

방심의 가지 끝에
산새는 날아가고

가는 비 어느새 내려
한 나무가 젖었네

가는 비 어느새 내려

한 사람이
젖었네

가을의 시인

기다란
목을 빼고
바라보는 외줄기 길

앙상해진 가지에
익는 감이 등잔 같다

제 몸이
기름이 되어
불을 밝히고 있다

겨울 낙관

하늘땅 한가운데
쩌엉
금을 내며

눈밭 뚫는
획으로
날아오른 기러기 떼

힘차게 펴는 날개 끝

붉게 찍힌
저녁 해

한때 소낙비

버들은 젖은 머리칼 바람에 구부려 털고

일렁일렁 큰 물방울 쏟아붓는 연잎 우산

넘치는 둠벙을 가르며 미끄러지는 때까우

먼저 태어난 딸인 것처럼

나보다 먼저 태어난 딸이 오신 것처럼

미운 대여섯 살 심술꾸러기 서너 살

이제 막 강보에 싸인 막내딸 돌보는 듯이

어느 날의 소야곡

낡아버린 책 한 권 버리지 못하는 건

그대가 보내왔던 청춘의 엽서 한 줄이

누우런 책갈피 사이 아직 끼어 있기에

꿈

아픔이 있는 동안 상처는 아직 붉다

붉은 상처의 너는 꿈속으로 걸어와

가자는 손짓을 한다

여기는
통금通禁

왼쪽

지독한 편두통도 왼쪽으로만 오더니
짓무른 왼 눈꼬리가 아래로 더 처지다

마음은 왼쪽으로 가나 보다

좀 한적할 테니까

섬

잡힐 듯
잡힐 듯이
밀려오던 함성이

썰물 되어 빠진 뒤
부서져 일어선다

심판이 내 손을 든다

링 위에는
나 혼자

남해 가을

먼나무 빨간 열매
구름 닿는 하얀 새

깊푸른 바다 눈빛 하나 부러울 것 없던

내 곁에 그대 없네요

너무

아득하네요

못 잊어

불갑산 상여꽃* 길이
흘리는 피

상여꽃

'요것이나 살려주면 요것이나 살려주면'**

다 삭은
흙고무신 안

엄마와
아기가 피어

* 영광 불갑산 인근에 많이 자생하는 일명 상사화.
** 「한국전쟁 중 민간인 학살 생존자 증언-불갑산 인근」 중에서.

5부

오월

서산포구 갯바람이 설렁설렁 따라와서

나뭇잎에 일렁이는 서울 종삼鐘三역 부근

노시인 눈빛에 고여 웃는

마애삼존불
햇살

금빛 화두

옷은 찬란할수록 거추장스러운 짐이라고

뿌리며
흩뿌리며
후려치는 금빛 죽비

한 번은
터지는 폭죽처럼

절정의 저 나무처럼

붉은 서쪽

밥은 먹고 다니냐 물어줄 아버지

묻히신
산에
이제야 돌아왔네

누가 날
용서해주랴

붉은
서쪽을 보네

봄의 항공우편

고양이를 안고
긴 겨울 지낸 너에게

매화 꽃잎 헤치는 물닭 소리 보낸다

창턱에 분홍 뾰족 귀

옴찔거리는
뉴욕

두물머리 관음

아래로만 흐르는
봄빛의
화사한 눈길

아래로만 흐르는
봄날의
비단 옷자락

한 그루 버들 아이가

온몸으로
받드네

마음의 지문

너도 지금 달을 봐 나도 볼게 하며 보던
그 골목 끝에는 눈 지문이 묻어 있겠지
겹겹이 네게 묻은 마음 그건 지울 수도 없겠지

달팽이 집

물에 어린 풀잎 끝에
새끼손톱 달팽이 집

새벽 오고
노을 지고
별이 들어와 앉아

등 위의 그 작은 집도
우주인 듯 지녔네

성탄절이 오면

수도자가 아니라도 검은 두건을 쓰고

불어가는 바람에
불어오는 바람에

나부껴 절은 옷자락 씻어내고 싶고나

쇠별꽃

산은
내려와
들로 엎드리고

들에 잠든 굴뚝새
조금씩
크는 날개

그리고
그대 언저리
아름답게 머무는,

운전

낙타처럼
거북처럼
찾아가자 하였던가

온몸에 기름 넣고 광속으로 달려도

화엄의 등불은 어디
자취조차 없어라

어머니의 집

길이 없는 곳에
어머니의 집이 있다

쓰러지기 위하여
일어서고 일어서는

비애의 밑바닥까지

내려가는
승천昇天

먼 생각

그대와 나 생각하면 너무 먼 거리이기

꿈꾸는 일 부질없는 고적한 이 한밤을

영원을 가는 것처럼 깊어가는 강물 소리

여름 판화

걸어가는 사람들
나무 안으로 들어가고

실한 나뭇가지는
벽돌 속으로 자라고

초록은
구름 속으로
불꽃처럼 타오르고

위험한 풀

최전방에
서 있는
풀잎
지금 위험하다

구둣발들 어지러운
보도블록 블록 사이

짓눌린
비명 소리들
아악 아악! 들린다

살처분

소 돼지 수백만 마리를 산 채로 묻었다

아픈
사람만이
살아 있는 오늘인데

안 아픈
얼마의 나를

살처분해야 하는가

수미산 반딧불이는

수미산 반딧불이인 줄 모르고 살 때가 좋았지

수미산 반딧불이인 걸 불침 맞듯 알아버리면

기막혀 어이 견디리 속 터져 죽고야 말지

금강 바다

그대
멀리 보이면

눈이 시원해지는

내 사랑은 부드러운
금강의 무한 바다

넘치는
그 바다 하나

그대 멀리 보이면

그리움으로 듣는 머나먼 강물 소리

유성호 **문학평론가 · 한양대 교수**

1

오랜 양식적 계승과 변형을 겪으면서 오늘에 이른 현대 시조는, 정형 양식으로서의 고유한 역사를 통해 자신만의 함축과 절제의 원리를 견고하게 지켜왔다. 그리고 다양한 해체와 원심적 확장 경향이 부박하게 떠도는 우리 시대에, 가장 구심적인 미학적 고갱이를 잇달아 산출함으로써 독자적인 창신創新의 길을 걸어왔다. 이러한 행간에 김일 연은 그러한 정형 양식의 함축과 절제와 균형의 원리를 지속적으로 지켜온 우리 시조시단의 중진으로서, 다양한 형식 실험보다는 전언의 진정성과 현대성을 집중적으로 구현해온 대표적인 시인이라고 할 수 있다.

이번에 그가 새로이 펴내는 단시조집 『꽃벼랑』은, 단아하게 짜인 정형 양식 안에 삶에 대한 오랜 사유와 사물에 대한 섬세한 현대적 감각, 그리고 세계의 심연에 가 닿고자 하는 격정과 손길을 담고 있는 명인名人의 결실이 아닐 수 없다. 여기서 '명인'이란, 일차적으로는 시조를 써내는 김일연의 예술적 역량에 대한 명명이겠지만, 그 너머에 삶과 사물을 바라보고 해석하는 그만의 예리하고도 따뜻한 시선이 있음을 비유적으로 일컫는 명명이기도 하다. 그런 만큼 김일연 시편에는 흉내 내기 어려운 예술적 역량과 존재론적 시선이 깊이 매개되어 있고, 또 거기에 육체를 부여하는 장인匠人으로서의 개성적 의장意匠이 단단히 담겨 있다. 이번 단시조집은 그러한 역량과 시선의 한 정점을 보여주는 사유와 감각의 도록圖錄으로서, 고도화한 절제와 함축의 원리를 통해 세계의 상像을 풍요롭고도 아름답게 보여준다 할 것이다. 이제 그 세계 안으로 들어가 보자.

2

먼저 김일연이 우리에게 보여주는 단수 미학의 한 극점은 '꽃' 혹은 '풀'을 제재로 한 작품들에서 어렵지 않게 찾아볼 수 있다. 대개 서정시는 구심적 발화를 통해 시인 자신에 대한 자기 인식을 첨예하게 드러내게 마련이다. 이때 시인의 자기 인식은 구체적 경험에 대한 기억으로 구성되고, 그 기억을 표현하는 원리가 바로 생을 순간적으로 파악해내는 선명한 감각일 것이다. 김일연 시편에는 이러한 감각이 다양한 무늬로 펼쳐져 있는데, 앞에서도 암시하였듯이, 그러한 감각을 구성하는 일차적인 소재가 바로 '꽃'이다. 이때 시인은 심미적 대상으로서의 '꽃'과 자신의 웅숭깊은 삶의 감각을 충일하게 결속하면서, 자신의 시편을 서경적 삽화가 아닌 기억의 현상학으로 만들어간다. 그래서 우리는 그의 시편들을 통해, 서정시가 개인 기억의 산물이면서 동시에 보편적 생의 이치를 노래하는 양식임을 깨닫게 된다. 이처럼 강렬한 기억에서 촉발하면서도 보편적 생의 이치에 가 닿는 그의 시적 상상력은 매우 견고하고 또한 활달하다.

너의
눈물 자국

구절초 피어 있네

가도 가도
하얀 꽃

나는 자꾸 걸었네

가다가
쓰러져 버렸네

일어나지 않았네
－「구절초 연가」 전문

이 좁은
단칸방에
어떻게 널 들일까

진달래 울음 속은

와 저리

불이 타노?

움쳐야 날아도 보제

벼랑

앞에

와 섰노?

　　　　　　　　ー「꽃벼랑」전문

　김일연은 '구절초'라는 풀의 외관과 생태를 세심하게
관찰하여 그 흰 빛깔을 "너의 / 눈물 자국"으로 그려낸다.
눈물 자국을 남기고 떠났을 '너'를 향하여 시선을 돌리다
가 시인은 결국 구절초가 핀 곳으로 오래도록 걸어 그곳
에 쓰러져 일어나지 않는다. 짧은 시편 안에 '나'와 '너'가
겪었을 선연한 통증과, 그 여운을 아직도 삶의 한순간으
로 지니고 있을 시인의 시간이 잘 나타나 있다. 그 시간의
등가물이 바로 '구절초'로 현현한 것이다. 그런가 하면 그
다음 제시된 시집 표제작에서는 "이 좁은 / 단칸방"과 "벼

랑"을 대비하면서 진달래가 마치 울음 속처럼 벼랑에서 타고 있음을 노래한다. '벼랑'이라는 가파른 공간과 '꽃'이라는 심미적 대상이 아찔하게 결속하는 이미지로서의 '꽃 벼랑'에서, 시인의 시선은 몸을 움친 채 비상을 준비하고 있다. 결국 김일연은 '구절초'와 '진달래'라는 심미적 상관물을 통해, 한편으로는 눈물과 함께 쓰러지고 한편으로는 울음의 흔적에도 불구하고 비상을 꿈꾸는 모습을 보여줌으로써, 삶의 따뜻함과 서늘함, 피어남과 이울어감, 비상과 추락의 상상력을 아름답게 보여준다. 모두 김일연이 가지고 있는 생의 페이소스가 다양하게 구체화한 결실일 것이다.

미워
그리워

폭풍우 요동친 뒤

붉디붉은 마음이
맑아
검어진 뒤에

열리는

구름 꽃잎이

달빛 타고 빠르다
— 「묵모란」 전문

봄날 솜사탕만 한 꽃 화분을 놓았다

틈새 없이 부푼 꽃잎들이 바다였다

그 꽃을 보는 날마다 내 마음이 바다였다
— 「꽃 화분」 전문

　이 두 시편에도 시적 제재로서의 '꽃'의 형상이 이어지
고 있는데, 먼저 앞의 시편에서는 묵향이 가득 풍기는 모
란을 그려내고 있다. '묵모란'이란 수묵으로 그린 모란을
말하는데, 여기서는 그것이 단순한 서경으로 그치지 않고
시인의 미움과 그리움을 담고 있는 풍경으로 인화되고 있
다. 폭풍우가 지난 뒤 "붉디붉은 마음"이 맑아지고 결국
검은 빛깔을 띠다가 "열리는 / 구름 꽃잎"이 달빛을 타고

빠르게 흩어지는 순간은, 마치 홍운탁월烘雲托月의 시법을 보여주는 듯하다. 그리고 뒤의 시편에서는 시인이 일상의 감각으로 포착한 풍경이 나타나고 있다. "솜사탕만한 꽃 화분" 안에서 부풀고 있는 꽃잎들을 '바다'로 비유하면서, 그 꽃을 바라보는 자신의 마음도 '바다'로 전이되는 과정을 노래하고 있다. 봄날 부르는 그 따뜻한 노래 안에 "오롯이 내면을 향한 원형의 시간"(「고니의 잠」)이 들어 있다고 할 수 있을 것이다.

3

　김일연 단시조는 이처럼 '꽃'을 중심으로 하면서도, 온갖 자연 사물로 하여금 동심원을 그림으로써 자연 전체로 확산해가게 하는 방향을 취하고 있다. 그만큼 그는 '꽃의 시인'이자 꽃을 둘러싸고 있는 자연 사물들을 채록하는 '자연의 필경사'이기도 하다. 이로써 그는 자연 사물과의 친화적 교응交應을 통해 삶의 이치를 제시해가는데, 그가 보여주는 심미적 기억은 커다란 스케일 안에서 이루어지지 않고 구체적 자연 사물과 풍경 속에서 성취된다는 것이 그만의 장점이라 할 것이다. 이때 '자연'은 만물이 태어나고 자란 물리적 경험뿐만 아니라 가장 근원적인 존재론적 기억을 품고 있는 궁극적 거소居所인 셈이다. 따라서 자연은 공간이자 시간이기도 하고, 가시적인 것이자 비가시적 가치를 품고 있는 존재론적 태반이기도 할 것이다.

하늘은 제 얼굴을 가을 호수에 씻고

호수는 제 얼굴을 가을 하늘에 닦고

서로가 맑고 넓고 깊은 거울을 들여다본다
-「하늘과 호수」전문

가장 빛난 상처는 사막이 가지는 것

내 광막한 사막일 때 한없이 눈부시던 너

쓸쓸한 오아시스에 들꽃처럼 깃들어 있네
-「별」전문

'하늘'과 '호수'가 담긴 앞의 시편은 참으로 맑고 투명하다. 가을날의 '하늘'과 '호수'는 마치 거울을 보듯 서로가 서로의 얼굴을 씻고 닦는다. '하늘'과 '호수'는 그렇게 서로 "맑고 넓고 깊은 거울"을 들여다보는 것인데, 이때 '하늘'과 '호수'는 서로의 원상이자 역상逆像이 된다. 이로써 이 시편은 일체의 정서적 개입 없이 '하늘'과 '호수'가 상호 공존하는 풍경을 명경明鏡의 솜씨로 빚어낸 것이다. 이때 '하늘'은 「눈길」에서처럼 미끄러운 '눈길'에서 한번 엉덩방아를 찧고 웃으며 바라보는 "닿을 듯 파란" 곳이기도 하다. 또한 그 '하늘'과 '호수'가 서로를 비추는 상호 조응의 풍경은 "물결이 번지는 곳으로 그리운 그곳으로"(「여름 플라타너스」) 우리를 데려다 주는 투명한 우주적 회화라고 할 수 있다.

그런가 하면 뒤의 시편에서는 '별'이라는 심미적 표상을 호출하면서 그 별로 하여금 "가장 빛난 상처"로 화하여 '사막'이라는 불모의 형상을 품게 하고 있다. 그래서 시인 스스로 "광막한 사막"이었을 때 "한없이 눈부시던 너"는 어느새 상처가 되어 별처럼 빛나고, 사막 한가운데의 '오아시스'에 '들꽃'의 생명력으로 깃들어 있는 것이다. '별'과 '사막'이 어울려 내는 상처와 생명의 변증법이

단연 눈부시다. 이는 어쩌면 "상처가 빛이 되도록 내 안에
불을 켜자"(「낙법落法, 한번」)고 했던 시인의 사유가 구체적
표상으로 몸을 바꾼 사례일 것이다. 그리고 이러한 표상
들은 계절의 운행에 따라 뭇 자연 사물들로 그 세복을 늘
려간다.

　　허공을
　　베어내며
　　햇살이 미끄러진다

　　툭,
　　지는
　　세상 저편
　　그 잎이 이고 있던

　　눈 시린 하늘 한 장이

　　손바닥에
　　앉는다
　　－「가을이 진다」 전문

하늘땅 한가운데
쩌엉
금을 내며

눈밭 뚫는
획으로
날아오른 기러기 떼

힘차게 펴는 날개 끝

붉게 찍힌
저녁 해
－「겨울 낙관」 전문

　보통 '가을'은 풍성한 수확의 계절이다. 모든 곡식이 익어 가을걷이를 재촉하기 때문이다. 하지만 가을은 쓸쓸한 소멸의 계절이기도 하다. 모든 것이 사라져가고 낙엽이 지고 날이 추워지면서 점점 외로움이 짙어가니까 말이다. 이처럼 가을은 풍요와 소멸의 속성을 동시에 거느린 계절이다. 위의 시편은 그 사라져가는 '가을'에 햇살이 허공을 베어내는 풍경을 보여준다. 미끄러지는 햇살 사이로 나뭇잎이 '툭' 지면서, 마치 세상 저편의 잎이 이고 있던 "눈시린 하늘 한 장"을 손바닥에 떨구는 것처럼 보인다. '툭'이라는 의성어는 목월 시편 「하관下棺」의 "다만 여기는 열매가 떨어지면 툭 하고 소리가 들리는 세상"이라는 명구에서 그 확연한 위상을 구가한 바 있는데, 오랜 시간을 격하여 김일연 시편에서 더없이 적실한 위치를 찾았다.

그리고 '겨울'을 노래한 다음 시편은, '눈밭'과 '기러기떼'의 어울림을 "쩌엉 / 금을 내며" 솟아오르고 "획으로" 날아오르는 역동성으로 보여주었다. "힘차게 펴는 날개 끝"에 마치 낙관처럼 "붉게 찍힌 / 저녁 해"를 후경後景에 두름으로써, 모든 것이 소멸해 있을 '겨울'을 역동성의 형상으로 부조浮彫한 것이다. 이러한 반어적 생동감이 우리로 하여금 "울음도 노래 되는 / 햇빛의 통로"(「새」)를 볼 수 있게 해준다. 이렇게 김일연은 자연의 흐름을 따라가면서도 그 마디마디에 자신의 기억의 현상학을 깊이 매개함으로써, 정경교융情景交融의 필법을 짧은 단수 안에 개화시키는 기막힌 역량을 보여주고 있다.

4

　신神이나 자연 같은 외재적 질서에 예속되어 있던 인간
이 스스로 삶의 주체임을 선언한 것이 근대의 이념적 기
초라면, 서정시는 확실히 '근대의 저편'을 응시하는 어떤
양식이다. 그래서 서정시는 현실 속에서 현실을 바꾸는
'다른 현실'이 아니라, 남다른 사유와 감각과 상상력으로
구성되는 '시적 현실'을 더 강렬하게 추구한다. 따라서 서
정시는 '현실 / 상상'의 접점에서 형성되는 균형과 긴장 속
에서 자신의 미학을 완성하게 된다. 또한 서정시의 중요한
원천은 부재와 결핍을 견디는 힘에서 생겨나는데, 이는 마
땅히 있어야 할 것의 부재, 한때 분명히 실재했던 것들의
결핍, 생의 어떤 결여에 대한 가장 원형적인 반응을 수반
한다. '꽃'이나 '하늘', '호수', '별', '계절'의 아름다움을 통
해 이러한 반응을 심미적으로 수행한 김일연은, 자연 사물
들에 대한 서경의 속성을 현저하게 덜어내면서, 이제 사람
살이의 다양한 모습으로 시선을 옮겨 간다. 이 지상으로의
착근 논리야말로 김일연 시학의 구체성과 시대정신을 아
울러 보여주는 둘도 없는 기율인 것이다.

캄캄한 바다에서

섬
하나가
걸어온다

희뿌옇게 떠 있는 마지막 노점의 불빛

등대를 어깨에 지고

섬
하나가
걸어간다
 ―「야근하고 양말 사는 남자」 전문

　'야근'과 '양말'이라는 기표에 오랜 시절 우리 사회를 관통해왔던 산업사회적 상상력과 가난의 생태학이 묻어난다. 하지만 시인은 그것을 사회학적 관점으로 치환하지 않고, 불가피하고 원형적인 생의 형식으로 전환시킨다. 세상과 남자는 각각 '바다'와 '섬 하나'로 비유되고 있는데, 캄

136

캄한 바다에서 걸어오는 "섬 / 하나"는 그래서 아득하고 외따로운 곳에 깃들인 우리의 삶을 환기한다. "희뿌옇게 떠 있는 마지막 노점의 불빛"은 아마도 야근을 마치고 돌아오는 길의 사실적 풍경일 터인데, 거기서 시인은 그 남자가 "등대를 어깨에 지고" 걸어간다고 상상하고 있다. 등대를 졌으니 가난 속에 침몰하지 않고, 새로운 삶의 희망으로 빛을 쏘리라. 아닌 게 아니라 시집 여기저기서 시인은 "어머니 가신 집 앞에 사과 장수 외롭다"(「사과 장수」)와 같이, "숯검정 두 줄기 눈물로"(「인동忍冬」) 살아온 세월들을 음각함으로써, 이러한 시법이 "사람으로 사는 일"(「서울 엽신」)임을 깊이 새기고 있다.

　물론 사람살이의 구체적 양상을 '단수'라는 소박한 육체에 담기는 물리적으로 버거운 것이 사실이다. 현실의 다채로운 해석과 함께 일정한 서사성이 그 안에 녹아들려면, 발화의 양적 측면에서 일정하게 공간이 확보되어야 하기 때문이다. 하지만 김일연은 '단수'라는 옹색한 몸에 우리네 삶의 어둑한 페이소스를 가득 쟁여 넣는 흔치 않은 역량을 발휘한다. 그럼으로써 우리로 하여금 '서사적 이해'가 아니라, 더욱 커다란 '서정적 울림'에 가 닿게 한다.

참았던 신음처럼 사립문이 닫히고

찬
이마 위에
치자꽃이 지는 밤

저만치, 그리고 귓가에

초침 소리
빗소리
ー「그리움」 전문

열매도
없이
꽃이 시들었네

꽃 진 그 자리에
애절했던 눈물만

눈물만 남아 있기에

그 사랑을 믿는다

　－「사랑을 믿는다」 전문

　'그리움'과 '믿음'이라는 2인칭에 대한 최대의 헌사로 쓰인 이 시편들은, 모두 꽃이 진 자리에서 새로운 생성이 시작되는 구조를 취하고 있다. 한편에서는 '저만치'에서 "초침 소리 / 빗소리"가 들려오고, 한편에서는 "애절했던 눈물"로 남아버린 사랑을 호출하는 마음이 만져진다. 마치 "참았던 신음처럼" 다가와서 "찬 / 이마 위"나 "귓가에" 남아버린 소리들은, 가장 커다란 존재론적 결핍을 채워주는 유일한 근원일 것이다. 그리고 시인은 '눈물'의 진정성을 통해 '사랑'의 능력에 대한 믿음을 보여준다. 이러한 사유와 감각은 "고요의 소실점에서 풍화하는 종소리"(「만종」)를 들으면서 그 안에서 "씻어낼 속진의 더께"(「절집 차」)를 사유하는 시인의 품과 격을 형상적으로 선명하게 보여준다. 어떤 기억은 너무도 선명하여 눈 감아도 보이는 듯하고 잊으려 할수록 오히려 눈부시게 다가오는 법인데, 김일연의 '그리움'과 '믿음'이 꼭 그러하다.

　물땡저수지 봄빛은 왜 저리도 고울까

어머니 가시는 날이 왜 이리도 환할까

먼 하늘 새로 난 봉분이 하나 구름에 흘러가네
―「산역」 전문

눈에 담던 풍경들
다니시던 길과 길을

가슴에 새기고자
하염없이 보는데

긴 울음 문득 가다가

나를
돌아보시다
―「영각」 전문

　‘산역山役’이란 시신을 묻거나 옮기거나 하여 뫼를 만드
는 일을 말한다. 시인은 "어머니 가시는 날"에 치르는 산
역 과정에서 그날이 "물땡저수지 봄빛"처럼 곱고 환한 날

이었음을 사실적으로 기록한다. 이제는 그분이 가신 "먼 하늘" 아래로 "새로 난 봉분"이 구름에 흘러가고 있는데, 그것은 어쩌면 무덤이 구름처럼 흘러가기도 하는 비유를 겹쳐놓은 것이기도 할 것이다. '죽음'과 '구름'이 '무상無常'이라는 속성으로 묶이지 않는가. 그 과정에서도 시인은 봄볕 따뜻한 곱고 환한 마음을 그 안에 투사함으로써, "온몸이 모서리가 된 / 둥근 이름 / 어머니"(「어머니」)에 대한 각별하고도 소중한 기억을 하나하나 완성해가고 있다.

그다음 시편에서의 '영각'은 소가 길게 우는 소리를 말한다. 백석의 유일한 시집 『사슴』(1936)의 소제목에 '얼룩소 새끼의 영각'이라는 것이 있는데, 잠깐 김일연 시법의 한편 백석의 사물 시편이나 그리움 시편과 상호 소통하고 있다는 느낌을 가지게 된다. 그 두 세계가 서로 '영각'을 통해 주고받는 울림의 느낌이 퍽 소중하다. 이 시편 안에는 오랫동안 시인이 "눈에 담던 풍경"과 함께 어떤 소중한 존재가 "다니시던 길과 길"이 겹쳐 떠오른다. 그 '풍경'과 '길'을 가슴에 새기고자 하염없이 바라보는 시인의 시선 위로 "긴 울음"이 울려온다. 그 '울음'과 함께 가다가 '나'를 돌아보시는 한 존재를 느끼는 그 순간이야말로 김일연 시편이 "고요가 속삭여주는 // 한 줌, / 맑은 그림자"(「제월당霽

月堂」)를 담고 있는 세계임을 알려준다.

이처럼 김일연은 『꽃벼랑』의 갈피마다 사람살이의 구체적 서사나 장면을 수습하면서 한결 깊은 서정적 울림을 준다. '서정적 전체성'이라 할 만한 축약과 절제의 미덕이 거기 숨 쉬고 있다고 할 수 있다. 그것은 '노동', '그리움', '믿음', '사랑', '죽음', '이별' 같은 인생사 세목을 두루 담아내고 있다. 참으로 가멸차고 융융하다.

5

다음으로 펼쳐지는 김일연 음역音域의 중요한 부분은 바로 '시詩'에 대한 자의식이다. 아닌 게 아니라 김일연은 그 스스로 시를 쓰는 사람으로서의 정체성을 재차 고백함으로써 이번 시집을 시에 대한 시, 시인에 대한 시의 각별한 모음으로 삼고 있다. 곧 시인은 '시'가 자신을 존재하게 하고 '시'를 통해서만이 가장 깊은 세계의 바닥에 가 닿을 수 있음을 적극적으로 사유하고 토로한다. 물론 김일연은 '시인=시 쓰는 사람'이라는 단순한 자기 규정성을 뛰어넘고 있다. 말하자면 '시'를 찾아 궁극적으로 거기 귀소하

려는 존재로 나아가고 있는 것이다. 그 점에서 김일연에게 '시'는 자신의 호환할 수 없는 존재론적 발견을 가능케 하는 편재적 원리이고, '시인'은 시를 통해 스스로를 완성하는 존재인 셈이다. 이처럼 김일연은 '시'를 향한 사유와 감각을 두루 변주하면서 '시'를 처처에서 발견해내는 과정을 선연하게 보여준다. 다음 시편들은 곳곳에서 '시'를 발견하고 있는 그의 시선을 아름답게 담고 있다.

　　죄는 다 내가 지마 너는 맘껏 날아라

　　진초록에 끼얹는
　　뻐꾸기
　　먹빛
　　소리

　　외딴집 낡은 들마루

　　무너져 앉은
　　늙은 아비
　　─「명창」 전문

배고픔

목마름

외로움보다

먼저

춤추지 않는 춤은

이제

춤이 아니다

끔찍이 상처 난 언어는

상처 난 언어가

아니다

    —「춤」전문

　'명창名唱'은 물론 노래를 뛰어나게 잘 부르는 사람 혹
은 소리를 기막히게 하는 사람을 뜻하는 말이지만, 여기
서는 '시인'에 대한 존재론적 은유로 읽힌다. "외딴집 낡
은 들마루"에서 스르르 무너져 내리는 "늙은 아비"는 자
신이 모든 죄를 다 지고 가고 '너'로 지칭되는 존재에 대
해 자유롭게 비상할 것을 주문한다. 그 순간 멀리서 울려

오는 "진초록에 끼얹는 / 뻐꾸기 / 먹빛 / 소리"는 늙은 아비의 희생과 소진을 뒤로한 채 차차 자신의 소리를 얻어 갈 명창의 실존을 암시한다. 그리고 "눈머는 그 깊이 아니면 / 무엇을 하리 // 짧은 날을"(「눈머는 깊이」)에서의 '눈머는 깊이'가 그 득음得音과정과 고스란히 겹쳐진다. 이렇게 희생과 소진의 제의祭儀가 명창을 예비케 한다는 서사를 통해 이 시편은, 그 안에 오랜 "먹빛 / 소리"의 연단 과정이 농울치고 있음을 알려준다. '명창=시인', '소리=시'의 등가적 형상이 아름다운 묵화처럼 그려져 있는 시편이 아닐 수 없겠다.

그다음 시편은 '춤'의 의미를 새롭게 구성하면서 '시'에 대한 은유적 위의威儀를 노래하고 있다. 언젠가 프랑스 시인 폴 발레리는 산문을 '보행'으로 시를 '춤'으로 비유한 적이 있거니와, 이 시편은 그 유명한 잠언의 형상적 버전이라 할 만하다. 삶의 난경難境이라 할 만한 "배고픔 / 목마름 / 외로움"보다 '춤'이 먼저 추어져야 한다는 전언은 "끔찍이 상처 난 언어는 / 상처 난 언어가 / 아니다"라는 잠언으로 이어지면서, '춤'의 절대적 위상을 피력하게 된다. 이때 '춤'은 자연스럽게 '시'의 다른 이름으로 옮겨 가면서 우리의 배고픔과 목마름과 외로움을 치유하고 궁극에는 "상처 난 언어"로서의 위의를 감당해내게 될 것이다.

하늘로 둥둥 뜨고

숲으로
쿵
떨어지고

허공에 드리워진 아스라한 줄 끝에

춤추는 자벌레 스님

그 아래

내설악 계곡
─「완허당」 전문

아이는 모래성 짓다
집으로 돌아가고

쉼 없는
파도
그 모래성 지워갑니다

날마다
그러합니다

나는
조그만 아이
─「고독」 전문

　내설악 계곡에 있는 완허당은 '허공을 가지고 노는 집'
이라는 뜻을 품고 있다. 여기서 시인은 '시'가 그려낼 수
있는 최대의 고요를 채집한다. 가령 하늘로의 비상과 숲
으로의 추락을 거듭하면서 "허공에 드리워진 아스라한 줄
끝"에서 춤을 추는 "자벌레 스님"은 어쩌면 "수다로도 침
묵으로도 다 할 수 없는 그곳을"(「말없음표를 위하여」) 하
나의 풍경으로 완성하는 시인의 직능을 은유하는 것일 터
이다. 허공을 가지고 놂으로써 더욱 깊은 허공에 가 닿는
시인으로서의 가능성과 한계에 대한 사유가 깊이 담겨 있

는 시편이다.

　마찬가지로 뒤의 시편에서 김일연은 시인으로서의 실존적 '고독'을 형상화하고 있는데, 이는 역설적으로 "이 세상 창이 열린 곳 / 어디라도 적멸보궁"(「적멸보궁」)임을 보여준다. 한 아이를 등장시켜 그 아이가 모래성을 짓다가 집으로 돌아가니 "쉼 없는 / 파도"가 모래성을 지워가는 풍경을 그리고 있다. 여기서 "나는 / 조그만 아이"라는 명명 안에 하나의 세계를 짓고 그것이 무너지면 또 상상의 집을 짓는 반복적 과정으로서의 시인의 실존이 두루 담겨 있다 할 것이다. 이렇듯 김일연 시학의 한 축에는 선명한 메타 시학의 충동이 깊이 자리 잡고 있다. 그래서 김일연은 오직 '시'를 통해 우리 시대를 견디고 위무하고 넘어서려 한다.

　혹자는 우리 시대를 폐허와 절멸의 시대라고 하지만, 우리는 여전히 서정시를 씀으로써 세상을 역설적으로 개진하고 견뎌간다. 그 점에서 '시인'이란, 오랜 시간의 기억을 순간적 함축 속에 재구성함으로써 이 폐허와 절멸의 시대를 견디게끔 해주는 '언어의 사제'라고 할 수 있을 것이다. 김일연은 우리에게 이러한 견딤과 위안을 주는 치유와 긍정의 기록을 이번 단시조집에 실어 보여주었다.

시인 스스로 화자와 청자가 되어 자신의 '시'에 대한 깊은 긍정을 토로함으로써, 자기 탐색의 공을 지속적으로 축적해간 것이다. 그 힘이 그로 하여금 '시'를 향해 아득하게 퍼져가게 하고, 우리로 하여금 '시'에 젖어 '시적 현실'을 꿈꾸게 할 것이다. 애잔하고 아름답다.

6

오랫동안 김일연은 '시=시조'를 통해 자신의 고유한 존재론을 회억回憶하고 구성해왔다. 이때 '기억'이란 과거의 사실적 나열이 아니라, 자신의 경험에 대한 희미하지만 아릿한 잔상에 의해 형성되고 보존되는 '새로운 현재'일 것이다. 따라서 사람들은 자신만의 강렬한 기억을 통해 잊을 수 없는 일들을 깊이 안아 들이게 되고, 자신의 육체 속에 저마다의 의식의 심층을 형성하면서 끊임없이 새로운 삶의 준거로 삼게 되는 것이다. 이러한 세계 원리로 가다듬어진 김일연 단수 미학은 깊은 '서정적 울림'으로 다가와 '김일연'이라는 일종의 자기 기원origin을 만들어낸다. 이때 생성되는 가치들, 예컨대 '형이상학적 구체'라고 부를 만한 원리가 그를 우리 시조시단의 돌올한 존재로 만들어주고 있는 것이다.

눈물 많은 눈들이
어디에나 있고

더러
때 묻은 인연
마주치기도 하는

두고 온 흙이 그리운
머나먼
강물 소리
─「귀」 전문

세상 어디에나 있는 "눈물 많은 눈들"을 위하여, "때 묻은 인연"들을 위하여, 또 그들과 마주치기도 하면서, 시인은 "두고 온 흙이 그리운 / 머나먼 / 강물 소리"를 듣고 있다. 이때 미세하게 들려오는 '강물 소리'를 듣는 '귀'는, 시인이 다지고 간직해왔던 그리고 언제든지 열어 보여주려

했던 "내 마음속 / 오지"(「내 마음속 오지」)를 상징적으로 환기하는 것일 터이다. 그 밝은 귀가 포착하는 오지의 '강물 소리'야말로 김일연 시학의 궁극적 귀착지요, 그의 시학이 펼쳐지는 깊은 수원水源이기도 할 것이다. 그리움으로 드는 머나먼 강물 소리에 김일연 시학의 사유와 감각이 다 흐르고 있는 것이다.

지금까지 우리가 읽어왔듯이, 김일연은 서정시로서의 단시조의 존재 이유를 선명하게 보여준다. 그것은 삶에 대한 끝없는 질문과 발견의 과정 속에 놓이는 것이며, 궁극적으로 삶에 대한 성찰과 긍정에 이르는 과정을 선명하게 보여주는 것일 터이다. 이러한 서정시의 성찰과 긍정의 힘은 매우 중요하다고 할 수 있는데, 그 성찰과 긍정의 힘으로 구성된 이번 단시조집은 우리로 하여금 삶의 궁극적 가치인 위안과 치유를 경험하게 하고, 우리 기억 속에 있는 존재론적 그리움을 한껏 발견하게 해준다. 그것이 바로 그가 보여준 시적 감동의 다른 이름일 것이다.

결국 김일연 단수 미학은, 삶의 가라앉음과 솟구침, 따뜻함과 서늘함, 피어남과 이울어감, 구심과 원심의 상상력을 결속하면서 아름답게 번져갈 것이다. 어느 것을 인

151

용하여도 좋을 균질성으로 가득한 이번 시집은 그렇게 언어 경제의 정수인 단시조 미학을 유감없이 보여주고 있다. 그 빛나는 순간들의 집성集成으로 이번 단시조집은 우리 시조시단에 남을 것이다. 그리고 우리는, 그러한 예감을 훌륭하게 구체화한 이번 시집을 지나, 그리움으로 듣는 머나먼 강물 소리를 지나, 함축과 정격을 원리로 하는 시조 미학을 그가 더욱 깊이 개척해갈 것을, 온 마음으로 소망해보는 것이다.